섬, 우화寓話

황금알 시인선 208

섬, 우화寓話

초판발행일 | 2020년 2월 29일
2쇄 발행일 | 2020년 7월 17일

지은이 | 한기팔
펴낸곳 | 도서출판 황금알
펴낸이 | 金永馥
선정위원 | 김영승 · 마종기 · 유안진 · 이수익
주간 | 김영탁
편집실장 | 조경숙
표지디자인 | 칼라박스
주소 | 03088 서울시 종로구 이화장2길 29-3, 104호(동숭동)
전화 | 02)2275-9171
팩스 | 02)2275-9172
이메일 | tibet21@hanmail.net
홈페이지 | http://goldegg21.com
출판등록 | 2003년 03월 26일(제300-2003-230호)

ⓒ2020 한기팔 & Gold Egg Publishing Company Printed in Korea
값은 뒤표지에 있습니다.
ISBN 979-11-89205-60-7-03810

섬, 우화寓話

한기팔 시집

황금알

시詩는 내 영혼의 모음母音

바람 한 점에도

서걱거리는 풀잎 소리 같은,

쓰면 쓸수록

기인여옥其人如玉

마음이 맑아지는…

2020년 봄

한기팔

차 례

1부

2부

3부

4부

5부

1부

갯메꽃

한눈팔면 보이느니
그 꽃,

오지 않는 사람을
기다리며
비쳐오는 햇빛에도 서러운
숨어 사는 정부情婦.

눈물 같은
꽃,
갯메꽃.

방하심防下心
— 노을

이쯤에서 내려놓겠네.

너에게 보낸
마지막 엽서葉書의 소인消印 같은
지는 해 바라보며

저만큼의 빛과
고요 속
그림자만을 세워두고

이쯤에서
나는 나를
가만히 하직하겠네.

하늘 통신通信

창을 여니
바람도 없는데
나뭇잎 하나가
툭 하고
떨어진다.

어디서 날아온 것일까.
누가 보낸
하늘 통신通信인가

나뭇가지에
그림자만을 걸어놓고
먼 허공에
잔잔히 흔들리는
파문波紋.

하늘의 별들도
밤도와
푸른 이야기를 나누며

새록새록 빛나는
밤,

그리운 것은
그리운 것들끼리
풀잎은
풀잎끼리
서로를 부르며
하늘 통신通信을 듣고 있다.

올레길 서설序說
— 유채꽃

하루 종일 바다가 와서
촐랑이는
야트막한 초가집
돌담 밖에
올레길*,
노란 유채밭길을 가노라면
멀리 눈 덮인
한라산漢拏山 머리
눈 녹는 소리에
하르르하르르 시나브로 지는
유채꽃,
유채꽃 꽃잎 사이로
다복다복
솔나무 숲이 바라다보이고,
이따금 고기잡이배들이
하얀 물살을 가르는
푸르기만 한
쪽빛 바다가
나는 마냥 좋았다.

* 올레길 : 골목길의 제주방언. 최근에는 여행객들을 위한 걷기 코스로 이용
되고 있다.

제주 용설란龍舌蘭

몰래 훔쳐보았던 것인데

나무도 아닌 것이
풀도 아닌 것이
우듬지를 지나는 구름 그림자에
화들짝 놀라 피니

천상천하天上天下
유아독존唯我獨尊

꽃이면서
꽃이 아닌
누군가의 지레 피어난
눈부신 화답和答이었다.

섬, 우화寓話 2
— 2018 광복光復의 날에

일정 때는 미악산米岳山 서쪽
각수바위 아래
깨르륵 동녕바치*
굴을 파고 살았다.

동원령動員令을 피해
죽어서도
내 나라 내 땅에 묻히리라고
다리 한쪽을 분질러
죽장망해竹杖芒鞋
걸낭乞囊을 메고 절뚝이며,
때로는 나라 잃은 백성의 울분鬱憤으로
피를 토하듯 깨르륵 소리 하나로
온 섬을 밝히며 살았다.

깨르륵 깨르륵 깨깨르륵…

오늘은 그 소리
서쪽 하늘에 붉어지니

이 산 더레
고박고박
저 산 더레*
꾸벅꾸벅

공원묘지公園墓地 돌담 위에
까마귀 되받아
까옥하고 울어버린다.

까옥 까옥 까악 …

* 동녕바치 : 동냥아치의 제주 방언.
* 산더레 : 무덤을 향하다의 제주 방언.

19

섬, 우화寓話 3
— 두꺼비

세상 살면서
울어야 할 일 너무 많다.
비가 오면
어머님 무덤 떠내려간다고
울고,
바람이 불면
아버님 무덤가에
산나리꽃 진다고
운다.

가랑잎 하나
물그림자에 얼씬거려도
울고,
물장오리* 물웅덩이에
별빛이 쏟아지는 밤이면
물달개비 꽃그늘에 몸을 감추고 앉아
하늘 한 번 쳐다보고
먼 산 바라보고,

꽥꽥 북북
북북 꽥꽥…

세상 살면서
지은 죄 많다고
울고,
빚 갚을 일 많다고
울어버린다.

* 물장오리 : 제주 섬을 창조한 설문대 할망이 빠져 죽었다는 설화가 전해지
  고 있는 한라산 늪지.

섬, 우화寓話 4
— 돌하르방을 위한 칸타빌레

삶의 끝이
죽음이 아니듯이

신화神話 같은
마을
파도 소리 들으며
잠 못 이루는
밤.

나 또한
그냥 이대로 돌이 되어
온몸에
눈과 귀로 돋아나는
청태靑苔를 기르며

죽어서 사는
돌하르방 되어서
무한 살고 싶음이어

섬, 우화寓話 5

동풍東風에 비를 몰아
나무들
온 힘을 다하여
바람을 끌어당기고 있다.

바람아 불어라
씽 씽 씽…
상모 상모 열 두발
자진모리 휘모리로
징을 쳐라

이런 날은
쑥대머리 몽달귀도
무덤 밖을 나앉아
들키고 마느니

아뿔싸!
저 깊은 심사心思로
허공에 던져진

눈썹달도
무진무진 운판雲版을 밀어
우화등선羽化登仙
서산西山을 넘는다.

풍장風葬

민들레 꽃씨 하나
날아가네.
오늘은 바람 좋은 날
민들레 꽃씨 하나
날아가다
불을 댕길 듯한
봄날,
육신肉身을 떠난 영혼靈魂처럼
온몸이 깃털인 것이
봄볕 아래
젖은 마음 말리며
그림자로 건너는…

초설初雪

오요요 부르면
손들고 오는 아이들처럼
동화나라에서 온
북 치는 요정妖精들처럼
바장이는 눈발 속
지는 해 바라보며
오늘은
박쥐우산 쓰고
나막신 신고
조촘,
조촘,
누가 지나갔을
그 길
발자국이 있는 곳까지만
가보기로 했다.

가을비 내리다 갠 날 아침

가을비 내리다
갠 날 아침
돌조각에 꽂히는
햇살
반짝 비추니
새 발자국 몇 개
조춤
조춤
밟고 간
길 건너
그리운 사람들
말소리 간간이 들리는
그 집
돌담 밖의 나무들
그림자가 붉다.

한란寒蘭

어느 산자락에서
몸을 풀던 바람이었을까.

어느 산골짝
옹달샘 가에서
몸을 말리던
눈 시린 햇살이었을까

한란寒蘭은
한라산의 꽃,
완당阮堂이 유배 와서
북창北窓에 두고 세한歲寒을 견디던 꽃.

물로 씻은 듯
깊고 고요하니
난蘭잎은
먼 허공에 휘어져
일필휘지一筆揮之 완당체阮堂體로
은한銀漢의 물소리를 그려내고 있다.

벙긋이 벙그는
아침 햇살에
몸을 기댄 채
꽃망울 먼저 부퍼
향기 그윽하니

오늘은
북천北天의 물소리
저 혼자 듣고 있다.

2부

들풀

그리움이 간절하면
들풀도
몸을 흔든다.
몸을 흔들면서
풀잎 소리로 운다.

구름 그림자 지나가고
산그늘이 내려오면
산자락에
푸른 영혼靈魂 하나 불을 밝히듯
꽃을 피운다.

꿈을 아느냐 물으면
별보다 아름다운
슬픈 꿈,

그리움이 간절하면
들풀도 꿈을 꾼다.
꿈을 꾸면서

지는 해 바라보며
들풀 혼자
외롭다.

빈집

복사꽃 피고
복사꽃 지고

산 꿩이 알을 품고
소쩍새 울고

고사리 새순이
말리는

산자락 외딴집
할멈은 어딜 가고

바람이 간댕간댕
빈집을 지키는…

원추리

삶은
경이驚異로운 것.

하늘이
너무 적막寂寞해서
꽃 피는 일
하나가
온 섬을 밝힌다.

콩꽃

하얀 수건 쓰고
콩밭 머리에 앉아
김을 매시며 하시던
어머니 말씀

"부지런 공은
하늘도 못 막는 거여,
손이 놀민
입도 논다."

어머니 돌아가시고
콩꽃 지니
오늘은 콩밭 머리에 앉아
풀을 뽑으며
어머니의 말씀인 양
콩꽃 하나
손바닥에 가만히 얹어본다.

지난밤 별빛의 체온인 듯 만져지는

어머니의 온기溫氣,
눈물 나는 거
아, 눈물 나는 거…

그 콩꽃
젖은 발 곧추세우며
돌아갈 저승길 열어
파르르 떤다.

남새밭에서

남새밭에
고추들이 익어가고 있다.

저렇게
높푸른 하늘 아래
어린 것들이 모여
병정놀이를 하고 있다.

잠시 쉬는 사이
키 재기를 하며
오줌발 겨루기를 하고 있다.
가장 멀리 보낸 오줌발이
씨알 고추를 먼저 딴다.

바람도 알몸인 채
이를 바라보다가
키득거리며
어디론가 사라진다.

고추잠자리 한 마리가
장다리 마른 가지 끝에 앉아
간당거리는
한낮,

가을볕 쨍하게
내리쬐니
남새밭에 고추들이
앞을 다투어
발갛게 익어가고 있다.

온 세상 문 닫는 소리 적막寂寞한

세상 저쪽에서
누군가 건너오며
언 땅에
지는 해의 온기溫氣로 남은 날빛
푸시시푸시시
비벼 끄는 소리

멀리 있을수록
춥게만 보이는
저녁별 하나
산그늘에 내려와
물 긷는 소리

온 세상
담장 너머 문 닫는 소리
적막한寂寞한
이웃집
그릇 씻는 소리 사이로
그리운 사람들 말소리

간간히 들리는…

적막寂寞은 흰빛이다

마당에 핀 용설란龍舌蘭 꽃
힐끗 본 뒤
불을 켜듯
다시 한번
생을 바꿀 수 있다면
내 영혼靈魂은 흰빛이다.

날개를 접지 못한
하얀 꿈,
혼만 빠져나온
적막 속의 흰빛이다.

찔레꽃
― 4·3 이후

다연발의 총소리가 드르륵 드르륵 들리던 다음 날이면
우리들 조무래기들은 논둑길을 달려 탄피를 주우러 갔
다.

소정방小正房 장장이네 논배미, 돌무더기에 하얗게 찔
레꽃이 피어 있었다. 화약 냄새가 코를 찔렀다. 바람은
죽은 자들의 머리카락을 날리고 옷자락을 펄럭이고 있
었다.

찔레꽃은 죄 없이 죄를 지어서 죽어서도 죽지 못한 원
혼冤魂들의 환생幻生의 꽃.

우리들 조무래기들은 죽음이 무엇인지도 모르면서 죽
음보다 절실한 찔레꽃을 따 먹으며 탄피를 주어 핏자국
을 닦았다.

탄피가 셋이면 가락엿 하나를 샀다.

근황近況

너무 멀리까지 왔나 싶어
돌아보니
누군가
고개를 들어
이쪽을 바라보고 있다.

어디서
본 듯한 얼굴이다.

이쪽과
저쪽은
때때로 구름 그림자 지나가니
볕 바른 데 와
그늘이 바뀐다.

산다는 것은
저렇게
하얗게 몸을 말리는 일이다.

누구를 기다린다는 것도 아닌
외로움인 듯
그리움인 듯
먼 길에 서서
잠시 머뭇거리며
바람의 수화手話를 듣는 일이다.
제 몸에
눈물사리 하나 만드는 일이다.

등 뒤로
일만 평의 하늘이 무한 커지니
둑 위에
팔을 들고 서 있는 나무처럼…

미악산米岳山 안개꽃
— 4·3 이후

심심하면
바람과 논다.
구름을 불러
구름의 이야기를 듣는다.

누군가의 무덤가에
안개꽃 자욱이 피어
때때로 바람이 와서
깃털 같은 작은 흔들림 하나
세워놓고 가면

저녁 햇살이 켜 드는
초록별 아래
미악산米岳山 서쪽
까마귀 울음소리 벼랑을 깨니

오늘은
어찌하여
산짐승의 생피 냄새가
그리운 것이냐.

사월제 四月祭

사월四月에는
바람아
구름아
이 섬에서 허둥대지 말아다오

산다는 것이
죽음보다 서러운
사월四月이면
너 없이도 꽃은 피니

어엿븜이야
눈물 같은 것

죄 없이 죄를 지어서
죽어서도 죽지 못한
이 섬에서는

해석되지 않는 일 많다
울어야 할 일 많다.

마당엔 꽃들이 많이 피는데

마당엔 꽃들이
많이 피는데
꽃들이 터지며
술렁이며
와 와 와글거리는
소리

햇살도
사월四月 햇살
목이 타는데

네가 죽은 사월에
꽃은 피니
란蘭이야
보고 접다
시펄!

놀*

저레 보라
올렛담* 커러점시냐*
놀은 불민
집 나간 쇠 들어온다.

저레 보라
멜통에 멜 들엄시냐
바당에 놀은 불민
구덕 진 어멍
애기업게* 춫나.

* 놀 : 파도, 또는 큰 바람이 제주 방언.
* 올렛담 : 골목길 담장(제주 방언).
* 커러점시냐 : 허물어지고 있느냐(제주 방언).
* 애기업게 : 애기를 업고 돌보는 그런 아이의 제주방언.

3부

가을 산을 오르며

한 편의 시와
그림이 있는 풍경처럼
가을 산을 오르노라면
가랑잎 하나가
큰 산의 고요를
깨운다.

그 아득한 행간 사이
보이는 것
들리는 것
모두가 관음觀音이요 묘법妙法이니
한 권의 책도 없이 설說하는
무진화법無盡話法,
새소리
물소리
솔바람 소리는
공으로 듣지요.*

* 김상용의 시 「南으로 窓을 내겠소」에 비슷한 시구가 있음.

목련꽃 그늘에 앉아

햇빛 고운 날
목련꽃 그늘에
늙은 아내와 앉으니
아내가 늙어서 예쁘다.
목련꽃 그늘 속
햇빛과 함께
간댕간댕
바람의 그네를 타느니
늙은 아내가
더 꽃답다.

허공

둑 위에
손을 들고 서 있는
나무들
허공에 그늘만 넓혀
창문 하나 달아놓았을 뿐인데

일몰日沒의 새떼 날아가며
촘촘히 엮어놓은
하늘의 그물 속을
노을이 붉어지며

별들이
하나 둘
빠져 나오면

그 창가에
한 평의
그물로 건져 올린
내 생生의 빈 가지 하나

간댕거리는 것이 보인다.
텅 빈
이 가득함.
허공을 보고 있으면
날아간 새들의 붉은 울음소리
그리운…

꽃씨

날이면 날마다
심심치 않게
구름 몇 점
산마루에 머물다 가고

바람은 하루 종일
뜰에 선 나무들과
노닐다 가노니

외로우나 아주 외롭지는 말고
시 몇 줄 쓰면서
하늘빛이 창에 부딪혀
쨍하게 금가는 날
꽃씨나 받아 두었다가

햇볕 고운 날은
꽃씨를 나누어야지.

기다림

기다린다는 말
나뭇가지에 매달아 놓고
꽃 피는 거 보리라고

하루
이틀
사흘…

외롭다는 말
나뭇가지에 걸어놓고
피륙을 짜노니
바람이 와 흔들다 가리라고

하루
이틀
사흘…

풀잎 소리

죄 될 리 없다면
누군가를 몰래 사랑한 일
생각하다가

저 멀리
구름 몇 점
한가로운 날

동구洞口 밖에 나와 서면
바람의 형적形迹만을 휘적이는
풀잎 소리.

들으면 고요하고
다시 들으면
적막寂寞한,
풀잎들의
흰 가슴뼈 드러내는 소리…

그 바다 숨비소리

숨비소리
아득히 들리는 날은
하루 종일 바닷가에 나가
칠팔월 땡볕 아래
순비기꽃 따 먹으며
그 바다
숨비소리 듣노라면
나 배 안고파
바다가 온통 꽃물이 들어
홍옥紅玉처럼 붉어지니
물까마귀
그 발이 적시고 가는
물너울 너머
섬 그림자 끌고 가는
지는 해 바라보고…

바다 옆에 집을 짓고

바다 옆에
집을 짓고 살다 보니까
밤이면
파도 소리, 습새 울음소리 들으며
별빛 베고
섬 그늘 덮고 자느니
그리움이 병인 양하여
잠 없는 밤
늙은 아내와
서로 기댈
따뜻한 등이 있어
서창西窓에 기우는 등 시린 눈썹달이
시샘하며 엿보다 가네.

달빛사냥 1

달맞이꽃 그늘에
달빛이 숨어들어 파닥거리는
고요한 밤,
가만히 손에 집어 든
꽃가지 하나로
달빛몰이를 한다.

오매불망寤寐不忘
죽은 자들의 이름이 새겨진
방문 앞에
너 없이도 뜨는
달빛 앞세우고
달빛거사로 앉아
마음에 묻은 달빛으로
달빛몰이를 하며
살아온 날들의 흔적을 지우고
푸르게 푸르게
달빛사냥을 한다.

달빛사냥 2

저문 산자락에
오두막집 지어
태허太虛 공산空山의 달그림자
서창西窓에 두고 살까.

소쩍새 울음 울어
달 밝은 밤
달 아래 나부끼는
옷고름같이
그대 그리움이
구름에 달을 몰아
달빛몰이를 하며
찾아주는 이 없이도
혼자서
외롭지 않으리.

시간의 뿌리

어느 날 문득
방바닥에 떨어진
머리카락 하나 바라보다가
손바닥 골 진 데 올려놓으니
땅을 떠난
민들레 홀씨처럼 가벼워져서
내 영혼靈魂의 그림자로
이승을 건너는 백발白髮,
나이를 먹으니
시간이 보인다.
시간의 잔뿌리가 보인다.

안부安否

봄 햇살
간댕거리는
목련木蓮나무 그늘에 앉아
술잔을 따르노라니
내 기척에
화들짝 놀라
툭 하고 지는 목련꽃.

나 또한 찔끔 놀라며
취안醉眼으로 바라보니
그 서쪽 하늘에
상현上弦달 걸리어
발그레 웃고 있다.

옜다,
이 술 한잔 받고 가거라.
그 안부安否!
참 기특타.

내 비록 가난하지만
구걸한 적 없으니
마음만은 높고 푸르게
하늘 바래기로
사느니.

백두산白頭山

그리움인 듯
부끄러움인 듯
나 여기 섰노라.
그 앞에 서 있노라니
어떠한 위용도威容도
장엄莊嚴함도
손을 젓는다.

위대하다 하였느냐.
조국祖國이어!
방금 전까지
옛 배달倍達의 마을을 헤매던 마음인데
일본제 구르마에 실리어
백두산 정상을 오른다.

하늘에서
가장 가까운 곳
달구지풀꽃 하나를 꺾어
모자에 꽂는다.

그 꽃망울에
실타래 같은 바람이 감기니
이 몸이 아프구나.

민족의 영산靈山이라 하였느냐.
바람에 쓸리는
안개 속에서
나는 결국
백두산 천지
그 얼굴을 보지 못하였네.

* 2017년 8월 4일, 14명의 제주 펜 회원들이 민족의 영산 백두산에 올랐다.
  20년 전과는 전연 다른 산이 돼가고 있었다. 정상에는 현대식 건물들이
  들어서고, 지나치게 인공이 가해지고 있어 성지로서의 상실감에 그냥 돌
  아서고 말았다.

4부

풀꽃

앞니가 빠져
죄 하나도 없는,
어미 없이 자란
단발머리 난실이

지난밤
꿈길에 두고 온
어머니 생각에
아른아른 비쳐오는
눈물 자국 같은,

비 오다 갠
고요한 여름 한낮
등 굽은 햇살 아래
바람과 한통속으로 나앉아
핀 꽃.

꽃이면서
꽃이 아닌
풀꽃 하나 보았다면…

꽃잎에 바람나고

꽃잎에 바람나고

돌담 밖에
하늘
푸르니

바장이는 바람도
새로 서는 햇빛도
즐거운 봄날인 것을…

역병疫病

창백한 눈썹달이
팽나무 가지 사이로
얼굴을 내밀면

상여喪輿가 떠나기를 기다려
어머니는
몽당 빗자루로
마당을 쓸었다

역병疫病이 돌았다는 소문이었다.
한무덤골 난실이
처녀귀신 되었다는
소문이었다.

상엿소리 아득히
마을을 떠나면
나 아프지 않아
동구洞口 밖에 나가
장다리꽃만 분질러 놓고

애고 애고 울었더니라.

찔레꽃 따 먹으며
하얗게 하얗게 울었더니라.

그곳에 그가 있었다

숨 돌릴 새 없이
시오스 섬으로 가는
선박을 기다리며
목로에 앉으니
삽상한 바람.

제주를 떠나올 때
익살맞게 따라붙은
따가운 햇볕과
몇몇이 둘러앉아
한라산 소주를 마신다.

크레타는 먼 나라
해도 달도
에돌아가는
신神들의 고향
그곳에 그가 있었다.

유도화柳桃花는 아직 일러

피지 않고
능소화 먼저 피어
그 아래
무궁동無窮動의 푸른 바다가
촐랑이며
그늘처럼
멍석을 펴고
경전經典을 읽고 있었다.

봄 편지

꽃에 닿으면
꽃바람,
꽃가지에 닿으면
꽃가지의 흔들림…

그의
정체는 무엇인가.

얼굴도 형상도 없는 것이
오로지 그 흔들림만으로도
다가설 수 없는 것이면

어쩔거나
내 그리움의 눈물 같은 거
아픔 같은 거

오늘은
청명한 하늘에
투명한
꽃잎 편지를 띄운다.

새

새가
하늘길을 열어
날지만
결국 그가 깃들 곳은
지상의 나무다.

벼랑

사람은
벼랑 위에 서서 울지만
나무는
그 벼랑에
뿌리를 내려
꽃을 피운다.

가을 산

화가畵家가
산을 그리는 것은
그곳에
산이 있기 때문이다

모든 산을 그리고도
그곳에
또 다른
산과 같은 고요가
푸르게 자라고 있어

그가 그리는
가을 산은
하늘과 구름과
햇빛을 다 그리고 나서
천방지축天方地軸
새소리 물소리
솔바람 소리를 그리려다
엎질러놓은 물감이다.

꽃잎 날고 하늘 푸른 날

가까이 있어도
다가설 수 없는
그리움이
눈물 나는 것이면

꽃잎 날고
하늘 푸른 날,

바람이 꽃가지를 흔들고 가듯
보일 듯
안 보일 듯
나 또한
바람과 한통속으로
다가설 양이면

더도 말고
덜도 말고
그대 귀밑 볼이나
허하시렸다.

먼 산 바라보기

자식들 짝지어
다 내보내고
오래된 사진첩을 열어보듯
늙은 아내와
밥상을 마주하고 앉으니
등이 시린 나이
발이 저리는 나이

외로움일까
그리움일까
길을 가다가도
밭일을 하다가도
헛디딘 발 아득해져서
돌담을 짚고 서서
먼 산 바라보고…

변신 變身

사는 게 사는 게 아니게
산 게 산 게 아니게
살다 보니
가슴에 옹이 자국 같은
뾰족하게 나온 굽으러 진
못 하나가
잘 못 박힌 못대가리 하나가
나의 변신처럼
녹이 슬고 있다.
그 못 자국 바라보며
딱 한 번뿐인 삶
허드레로 살다 보니
내가 나를 눈여겨볼
겨를도 없이
산 게 사는 게 아니게
사는 게 산 게 아니게
그렁저렁
잘못 살아온 나
못 자국만 늘고 있다.

내가 그 창窓입니다

깊은 밤
늙은 팽나무 그림자와
눈썹달과

어머니
당신은 먼데 계시옵니다.

그 어려운 처소處所에서
지난밤
별이 되어 날아온
꿈,

이 밤
어느 하늘을 건너는지
날갯짓 소리에
내가 자꾸만 어두워지니
온 밤을 열어놓은
창窓이 있어
내가 그 창입니다.

절벽絕壁을 오르며

산다는 것은
절벽絕壁을 오르는 일이다
절벽을 오르며
하늘 우러르는 일이다.

절벽을 타다 보면
사람은
고행苦行을 울지만
나무는 그 고난苦難 속에
깊게 뿌리 내려
꽃을 피우고
열매를 맺고 있다.

산다는 것은
절벽을 오르며
발아래
창해만리蒼海萬里
허허바다를 품는 일이다.

그 바다

숨비소리를 듣는 일이다.

호접지몽胡蝶之夢

나비 한 마리 날아와
꽃 그림이 있는
종이 상자에 앉아
지난밤 꿈자리에 두고 온
그리운 꽃밭인 양
팔랑팔랑 날개를 젓고 있다.

나비 날개에 얹힌
하늘 한쪽이
꽃보다 눈이 부신,
호접지몽胡蝶之夢.

세상을 사는 데는
꿈 하나쯤은
가져야 하겠는데
누군가의 발소리만 들리는

오늘 밤
나는 어느 꿈자리에서

그리운 꽃밭인 양
하얀 나비 되어 나르리.

5부

유채꽃밭에 숨는 바람이 되어

추위도 어느새
슬슬 풀리고
한라산漢拏山 눈 녹는 소리에
먼 길을 달려온 듯
어여쁜 봄이
마침내 유채꽃밭 속에 숨어 있다.

흐르는 것이 많아서
저기서 불어오는 바람
머무는 것이 많아서
여기서 불고 나는 바람.

그대 바람으로 와서
유채꽃밭 속에 숨는다면
나는 술래가 되고
너는 달아나며
달아나며
유채꽃밭 속을 휘젓고 간다면

사랑이어
어여쁨이야
눈물 같은 것
이런 날은
하늘도 눈물겹도록 고아라.

그대 그리움이
내 가슴에
노란 유채꽃
꽃잎으로
날아와 앉는다면
꽃물결 되어 출렁인다면…

저문 산에 암자庵子 하나 지어

저문 산에
암자庵子 하나 지어
저녁 구름 불러 앉히리.

구름 몇 점 한가로운
그 아래
행자行者 스님인 듯
산을 오르는 것이 보인다.

태허太虛 공산空山이
고요에 들어
작은 구름 하나
그 뒤를 따른다.

어느 곳을 향해 앉아도
내가 편히 바라볼 수 있는
산,
그 산의 형상形相은 무엇인가.

신발 끈을 고쳐 매고
산문山門을 나서노라니
범종梵鐘 소리 이어지며
산은 어느 새
제 형체 속에 몸을 거두고
결가부좌結跏趺坐를 튼다.

천지연天地淵 물소리

눈을 뜬 채
생각을 마구 풀어놓는 동안
하얀 망아지들 뛰노는
풀밭 같은

걸매공원 산책길
따라 걷던 바람결에
아득히 실리어 오는
천지연天地淵 물소리

칠십리七十里 시공원詩公園
돌매화 핀 꽃길을 열어
서귀포西歸浦의 어여쁜 봄을
실어 보낼 수 있다면

그리운 사람아
단 한 번의 마음으로
그대를 사로잡아
나의 전부를 쏟아내어
변함없이 영원永遠할 수 있다면…

파도

진정한 삶은
파도 같은 것

한꺼번에 무너지는
절망絶望이 아니라
매일 매일 무너지며
내가 나를 일으켜 세우는
치열한 삶의 되풀이.

밀려갔다 밀려오며
높았다 낮았다
기슭을 치는
하얀 목마름.

파도 위를 나는 새는
바다가 무섭지 않다.

바다

일었다는 슬고
슬었다는 다시 이는
그리움의 절정에서
바다가 비로소
진정한 시를 쓰고 있다.

바다가 쓰는 시는
청남靑藍빛 그리움이다.
짠 눈물 맛이다.

하얀
하얀 저것은
죽는 자도 죽이는 자도 없는
자기와의 싸움이 치열한
백병군단白兵軍團.

바다가 시를 쓰고
내가 그 시를 읽는다.
내가 그 시를 읽고

바다가 그 시를 듣는다.

불립문자不立文字로…

백록담白鹿潭 가는 길

진달래꽃 따다
입에 물면
대낮에도 더 많이 별이 뜨는
서천꽃밭 가는 길이 보인다는
올렛길.

오며 가며 올레꾼을 만나
워이워이 부르면
어미를 따르던 송아지가 돌아보다
음매 하고 이내 돌아선다.

선작지왓은
영실靈室 지나
진달래 꽃비 오는
백록담 가는 길.

김종철金鍾喆 산인은
오름 나그네.
삼백 육십여 이 세상 오름을 다 넘고서도

선작지왓을 차마 건너지 못해
이 산자락에 누워
지나가는 구름에도
바람의 발자국 소리에도 귀를 열어
자는다 쉬었는다.

가도 가도 불여귀不如歸
두견이 울어
또 한 고개 넘으면
먼 산 굽이굽이 그리움이 일어
진달래 꽃단 베고
우는 산울림.

들꽃 마음

바람이 또 다른 몸짓으로
풀잎에 나앉듯
흔들리지 않으면 불안한
휠체어의 소녀少女 같은,
세실리아!
하고 부르면
오늘은
누군가의 발자국 소리
지나간 자리에 야생野生이 되어
눈물 없이 우는 울음처럼
밭은 기침 소리로
피는 꽃,
구름 그림자 지나가도
바람이 와 잠시 머물다 가도
외로워서
귀 열고 풀잎 소리 엿듣는…

영실靈室 벼랑 위에

영실靈室 벼랑 위에
늙은 소나무 한 그루

허공과 한 몸 되어
머나먼 서역西域
노을처럼 커져가는
육천육계六天六界를 내다보고 있다.

명계冥界를 다녀온 것일까
문수보살文殊菩薩 같다.
아니다.
지장보살地藏菩薩 같다.

오체투지로 기어올라
한 번 만나봤으면…

마당을 쓸며

바람이 부네
한 번뿐인 삶
모든 만남을 위하여
구석구석 다 살고 싶음이여

하늘 아래
무한히 살고 싶음이여

바람이 부니
오늘 내가 할 수 있는 일은 무엇인가.
모든 사라져 가는 것들에게
낡고 허물어지는 것들에게
때로는 돌아서서
외롭게 손을 흔든다.

내가 바람이고
바람의 주인이 되어
있어서는 안 될 것들을 위하여
무언가 새롭게 시작할 것을 꿈꾸며

뜰에 마당에
구석구석 비질을 한다.

수평선水平線

서귀포西歸浦에서는
어디서나 수평선水平線이 보인다.
솔동산 오르막길을 가노라면
수평선이 따라와 내 어깨를
툭 친다.
돌아보니 섭섬과 문섬
범섬과 새섬 사이
지는 해의 온기로 남아 있는,
소암素菴과 우성宇城
성찬成贊과 광협光協
그들이 두고 간 수평선과
정축丁丑년 유하柳夏 지귀地歸로 와서
보리누름 속에서
"고을나高乙那의 딸"과 술래잡기를 하던 미당未堂과
6·25 때 피난 오면서 황소 한 마리 몰고 와
알자리동산에서 코뚜레를 풀던 중섭仲燮과
1974년 가을
세미나에서 돌아와 밤바다에 배를 대고
"밤구름"을 낚던 목월木月이

데리고 온 수평선.

서귀포에서는
어디를 가나 바다는 없고
돌담 너머로 아득히
수평선이 걸린다.

고향故鄕

지금 바라보는
저 별,
너무 멀리 있어
전생의 내 모습인 양
바라보다가
별빛이 쓸어놓은 마당에
밤이 깊을수록
내 긴 그림자
바람의 그네를 타는 밤.
눈을 감았다
뜨는 순간
밤하늘 멀리
별똥별 하나 날아가니
그곳이 나의 고향故鄕이다

비 온 다음 날

비 온 다음 날
뜰에 나와 서면
그 윤곽만으로 보이는
먼 산.

이제는 나이 들어
내 삶이 적조積阻 같은
잃어버린 날들의 그리움을
바람이 갈아내고
구름이 닦아내니

온 세상
환한 거울 속,

눈물 나는 일 하나로
다시 살아나는 햇빛과
반짝이는
반짝이는
나뭇잎을 보네.

쑥을 캐며

누군가 옆에 있으면
떨어져 앉아
주섬주섬
쑥이나 캐고 싶어라.

먼 것이
황홀하게 보이는
저녁,
흰옷 입은 사람들이
사는 마을.

외롭고 쓸쓸하게
꼭지가 마르는 인간들*
올망졸망 모여 사는 집들이
저녁 불빛을
많이 놓치는…

동산東山에 달 오르니
누군가가

아기 잠 먼저 재우고
달마중하며
어디선가 약탕을 달이는
쑥 냄새가 난다.

* 목월 시 「밤구름」에서 인용

시인의 산문

자연 친화적 미의식과 섬이 갖는 단절과 소외의식

내 시에 있어서 지역적 의미는 자연 친화적 미의식인 동시에 섬이 갖는 단절과 소외의식에서 오는 고립감과 좌초의식이다. 다른 지역과는 다른 언어의 간결성은 바람이 많은 제주의 섬사람들에게는 체질적으로 그 전달력의 어려움에서 비롯되는 독특한 유성음이 많은 언어 사용과 자연적으로 함축성과 간결성의 특수성을 갖게 하였다.

내가 사는 이 바닷가
하늘 한 귀퉁이
휑하게 뚫린 구멍 하나
너무 커서
나는 밤마다
물떼새 소리로 잠이 깹니다.
— 「바닷가에서 1」 전문

1970년대 나는 고립과 소외의식에서 오는 성명의 허무감을 앓고 살았다. 내륙과는 단절된 절대적 고독이자 절망감이었다. 서귀포라는 조그마한 바닷가에 살면서 내 나름으로 바라본 하늘이며 바다, 말없이 피어났다 사라지는 꽃구름, 저녁마다 새로 돋는 별이며, 밤바람 소리며, 뱃고동 소리에 이르기까지 내 곁에서 일었다 사라지는 형용할 수 없는 사상들은 나의 시적 대상이자 교감이며 모티프였다.

나는 이 무렵 '흔들림' '사라짐' '그리움' '외로움'과 같은 생명적 언어에 매우 심취되어 있었다. 그와 같은 언어들로부터 삶에 대한 인식과 생명감을 표현하는 매력적인 언어로 부사나 형용사를 배제한 살아있는 동사나 명사들의 새로운 감각적 언어들에 심취하여 시의 새로운 지평을 생각해보고 있었다. 이와 같은 일련의 시도들은 70년대 시단에 등단하면서 신감각新感覺이라는 동인 멤버를 구성하는데도 지극히 자연스럽게 동참하게 하였다.

나는 늘
수평선水平線 바라보며 산다.
수평선 바라보며
사랑이 아픔처럼
마음에 그리는
선線 하나,
결국엔 아무데도 없는
선 하나 그어놓고
슬픔이랄까
그리움이랄까

다만 나 혼자 지닌 꿈처럼
연연한 그 선 안에
내가 산다.

—「수평선水平線 바라보며」 전문

　나는 이와 같은 섬이라고 하는 단절된 지역에서 넘을
수 없는 수평선을 숙명적으로 지니고 살면서 흔들림이
라든지 사라짐이라든지 그리움, 외로움으로 이어지는
마음을 바다라고 하는 대상을 마음속에 설정해 놓고 건
널 수 없는 그리움으로 70년대를 보냈다.
　결국, 섬이 주는 의미는 내게 있어 수평선의 의미와
무관하지 않다. 그것은 단절과 고립의 의미와 일치한다.
하나의 단절은 내 시에서는 외로움과 고독의 의미와 일
치하고 있는 것이다. 그와 같은 외로움과 고독의 의미는
섬이라고 하는 단절된 공간에 스스로를 가두어 놓고 섬
을 둘러싸고 있는 하늘과 바다와 돌담으로 이어지는 무
한 그리움의 공간일 수밖에 없었던 것이다

먼 바다 푸른 섬 하나
아름다운 것은
그대 두고 간 하늘이
거기 있기 때문이다.

눈물과 한숨으로 고개 숙인
먼 바다

114

새털구름 배경을 이른
섬 하나

뭐랄까
그대 마음 하나 옮겨 앉듯
거기 떠 있네.

먼 바다 푸른 섬 하나
아름다운 것은
내가 건널 수 없는
수평선水平線,
끝끝내 닿지 못할
그리움이 거기 있기 때문이다.
—「먼 바다 푸른 섬 하나」전문

그렇다면 나에게 바다란 의미는 무엇인가. 그것은 절
대자로서의 실체요 삶의 현장과 무궁동無窮動의 실체로서
생과 사를 순환하고 끊임없이 약동하는 초월성이요 영
원성에 대한 그리움의 실체였다.

내게 있어 시는 살아 있음의 존재적 실체요 위안과 구
원의 실체다. 이와 같은 실체감을 바다라고 하는 거대한
자연적 생명 의지를 통하여 표현되는 시는 신앙과도 같
은 주술적 대상으로 구원의 의미를 갖는다. 깊은 밤 밤
바다의 소리를 듣는다는 것은 가장 근원적 생명의 소리
를 듣는 엄숙한 시간인 동시에 또한 나에게 그 바다가

내는 소리는 온 우주가 살아 있음을 실증하는 존재적 가치로서 나를 확인하는 시간이 되는 것이다.

밤이 깊을수록 아득히 들리는 해조음, 밤바람 소리, 파도 소리는 또 다른 소리를 낳고 또 다른 소리는 또 다른 소리로 이어지며 온 우주의 생명의 소리로써 그 숨소리를 듣게 되는 것이다. 이와 같은 소리는 제주 해녀들이 삶이 터전인 바다에서 물질을 하면서 해산물을 거두어 따 올릴 때, 테왁을 짚고 다니면서 물속 깊숙이 자맥질로 헤엄쳐 들어가서 전복, 소라, 해삼 따위를 건져 올리게 되는데 이때 물속에서 숨을 참아 작업을 하다가 작업이 끝나면 수면 위로 올라와 호오이 호이하고 참았던 숨을 토해내는 생명의 소리를 말한다.

이 소리는 「숨비소리」로서 제주의 해녀들에게는 생명을 불러들이는 소리이자 구원의 소리로써 삶과 죽음이 교차하는 천착의 소리인 동시에 새로운 생명력을 불러들이는 역동의 소리인 것이다.

어머니는 잠녀潛女였다.

열 길 물속은
이승 길 반 저승길
숨비소리 호오이 호이
세상 사는 일이
어디선들 물질 아닌 것이 있으랴

물질바당 아닌 곳이 있으랴.

사람 사는 곳은
어디나 바람코지
들물 나면 안물질
설물 나면 잣물질
요 바당을 테왁을 삼아
대천 세상 살젠허난
바람 불 적 절 일적마다
궁글리멍 못 사는구나

이 세상 바다가 처음에는
모두 낯이 설어
선뜻 마음 다잡을 수는 없었지만
때로는 숨비질로 따 올린
삶의 무게를 테왁에 얹으면
바다는 아늑한
어머니 품속.

숨비소리 호오이 호이
세상사는 곳은 어딘들
열 길 물속 아닌 곳이 있으랴
너울바당 아닌 곳이 있으랴.

—「숨비소리」 전문

"만일 네가 혼자 있다면 너는 완전한 너의 것이다. 그러나 네가 만약 한 친구와 같이 있다면 너는 그 절반이다." 다빈치의 말이다. 나는 언제나 바다 앞에 서면 나의 전체이자 절반이다. 누가 저 거대한 바다와 당당히 맞설 수 있으리. 그 한량없음과 전율, 바다는 완전한 하나의 억조창생 불생불멸의 실상이다. 바다는 언제나 허물어지려는 나를 바로 세워 거두려 한다. 인간의 감성과 희로애락의 변화다. 봄 바다는 잔잔하고 명상적이지만 여름 바다는 풍요롭고 낭만적이다. 가을 바다는 청남빛으로 난만하지만 겨울 바다는 적막하고 절망적이다. 태풍이 몰아칠 때면 포효하다가도 바람이 걷히면 앓고 난 사람의 얼굴처럼 수척하다. 바다는 변화무쌍하다. 살아 있음의 실체다. 제주 사람들에게 바다란 삶 그 자체요 생명 천착의 그 실체다. 시는 나에게 있어 삶의 바다 그 숨비소리다.